窓辺にいて

房内はるみ

思潮社

目次

Ⅰ

Ⅱ

装画＝中林三恵
装幀＝思潮社装幀室

窓辺にいて

I

朱光

ほそい道をあるいています
やわらかな春の道です

花のある家
木々のおい茂る家
家々はひっそりしていて
見つめあうようにならんでいます
ひとひとひととの関係が

濡れすぎず乾ききらず　ちょうどよい距離です

ほそい道が好きです
記憶が形にならないころ
わたしは暗く湿り気のあるほそい道を通って
はじめて光を浴びて　おおきな声で泣きました

それからわたしは光につつまれてあるいています
たくさんのひととめぐりあいました
小さな命をさずかりました
幾人かのひととのわかれもありました
悲しいときは悲しみをぎゅうとだきしめて
苦しいときは苦しみをころがしながらあるいてきました

わたしの家はもうすぐです
けれどもほそい道はなおもつづいて
きっぱりと力強くのびていきます
ほそい道のずっとさきには
もう夕暮れがはじまっていて
遠くへ行って二度ともどってこないひとびとが
往ったり来たりしています

弥生を抱く

どこからだろう
沈丁花の楚々とした面影が香ってくる
いつまでも答えを出さないあなたのやさしい沈黙のように
花は在り処をおしえてくれない
枯れずに冬をこえてきたシュンランが
木の根元で笑うようにゆれている
もうすぐ春のはかなき者たち*も
そっと瞳《め》をあけるだろう

きのうのあたたかな雨が乾いた土をぬらし
朝の庭になつかしい土の匂いがもどってきた

「少し太りましたね」
そんな声もすべりこんできて
日ごとふくらんでいく裸木の枝先の蕾は
いっしんに光をあつめている
樹肌は思ったより温かい
近くの小学校からきこえてくる卒業式の練習の歌声
だれもいない教室の窓の冷たさ
空気はラビリンス
ゆるやかに冷気はほどかれ
家々の傾斜する屋根の上を光がながれていく

少女はもうすぐ
北の町に引っ越ししなければならないのに
まだ何の準備もしていない
窓辺にすわり　ぼんやりと
ふかいところで陽の明るみを感じているのだろう

＊欧米ではスミレなど木々が芽吹く前に大急ぎで咲く草花たちをこう呼んでいる。

春のまがり角

春になると
いくつものまがり角が　あらわれては消える
桜吹雪の角をまがれば
小学校の正門
夕暮れのＫ商店の角をまがれば
母の顔

住みなれた町の　もう何百回も通った角なのに

まがるということは　いつでも新鮮だ
そこに思わぬ人がいたり
ふとした出来事が待っていたりする

まがった角も　まがらなかった角もある
まがるたびに　あたらしい自分に出会う

わたしの家のちかくにある　家主のいない泰山木のある家
陽が落ちても　そこの庭だけは残照を溜めている

あの角をまがったことはない
だから今も　まがった先にゆらめいているものを知らない
それでも

いつかはまがって入っていかなければならないだろう
あの家の裏側にある　果てしなく深い世界へと

窓辺にいて

冬へとむかう日
時間がとまったような一日がある
クヌギ、ブナ、コナラ、アカシデ、カエデ、ヤマボウシ
みずから燃えて　やがて静かにぬれていく
その明るみがさみしい

だれかがそそぎこんでいる陽射しが
ソファーのうえでクロスして

薄紅色の陽だまり

あの場所
おさない人たちがあそんでいた　あの場所
疑うことをしらない目　無邪気な笑い声
とおくはなれて
今は不在のうえで光だけがゆれて
その静寂にそっとふれてみる
やわらかくてつかみきれない感情は
舞いおちる一枚の葉のよう

窓辺にいて
音のない世界に身をひたす

気がつけば
カエデの葉に夕暮れの色がかさなって
終わる季節と始まる季節のおそろしいまでに
張りつめた均衡のなか
庭に飛んできた秋の鳥が
かすかに時間《とき》をゆすっている

おさない人たちの声がきこえてきたような
ふうわりと
　　ふうわりと

領域

暮れていく空の下
半分は翳り　半分は光っている
秋の葉

だれからの電話もなかった日
ピラカンサの実が朱くかがやいて
アラン模様のセーターを編みあげた

里へおりてきたホオジロが
静寂を泡立てるように啼いている
ゆさぶられる　わたしの内部《なか》の葉っぱ

やがて夕陽がふるえはじめると
光の部分はゆっくり　ゆっくり小さくなり
いつまでも定まらない光と翳の領域

もうすぐ根元からせり上がってくる薄闇が
そっと葉をだいていくだろう
境界線は消えて
墨色の一枚の葉になって

はげしくカーテンをしめる音
沈黙する夜のはじまりのなかで
わたしは心の明度をはかってみる

底瀬

底瀬とひびいた
国道二五四号線を右にまがり
小川にそって走る

なぜと問わず
どうしてと問わず

目的もないまま車を走らす

木漏れ日が億光年の輝きを伝え
水が光の音をひびかせ
少しずつ道は細くなり　暗くなり

なぜと問わず
どうしてと問わず

わたしたちは何かにすいよせられていく
道の行き止まりに二十軒ほどの集落があった
人影はない
わずかばかりの稲田と畑が人々の暮らしを思わせる
山と山とにかこまれた谷の底のような土地だから
この地名がついたのだろうか

晩秋の午後三時
暮れたのではない
陽の光がとどかない場所なのだ

谷神《コクシン》ハ死セズとは老子のことば
谷は神秘なるところというような意
おそらく一日の三分の二は闇のなかで暮らしているのだろう
人々はどんな声で話しているのか
家々は黙っている

集落の奥には祠があった
その近くで老人がひとり　たばこをふかしていた
顔には深い皺があり　微動だにしない

ただ一点を見つめている

底瀬
時間はわたしたちの内だけをめぐっている

十二月の音楽

若葉のそよぎよりも
落葉のひびきよりも
それは美しい音楽だった

庭で何年も花を付けない老樹を切って燃やす
落葉のおわった十二月の庭は　ひろびろとして明るい
裸木はきらきらかがやき
赤い山茶花の花や　珊瑚樹の葉の濃い緑が

冬の陽をはじいている

パチパチパチ
木の最後の音楽がながれはじめる
一定のリズム　高くも低くもない音色
ゆっくりと火は木のなかにしみこんでいく
水のように　風のように
ながれることのできない木は
ひとつのところに立ちつづけ　生と死をだいている
いのちの音をわたしは静かにきいている
少しずつ音は小さくなり
やがて一筋の煙が　冬の青空へすいこまれていった

あれから幾度も冬がすぎ
木がそこにあったことを　だれもがわすれてしまっても
十二月になると不思議にきこえてくるのだった
あの美しい音楽が

冬の一日

長い物語を読んで生まれたゆたかな時間
ことばの海をゆったり泳いで　岸へあがると
木の影は東へながくのびていた

冬の終わりの夕ぐれ
だれがおとしていったのだろう
木蓮の裸木にかけられた　薄絹のようなオレンジ色のヴェール
雪を溶かしたふくよかな風が　ヴェールの端をつまみあげると

何ものかの気配がする
だれ？と聞いても　応答《こたえ》はなく
その淡く光るものたちは木の根元にうずくまったり
隣家の屋根に飛びのったり
水仙の花をいじったりしている

わたしはまだ本の最後のページに溺れたまま
気がつくと　ヴェールは消え
木々は灰色のシルエットになり
そのむこうの如月の空は　春を孕み
あざやかな紫色をはなっている
静けさのそよぎのなかを　一日がゆっくり降りてきて
わたしの胸のあたりでとまった

Ⅱ

ひととき

しずかな人の庭には
花桃が咲いていた
濃いピンク色のその花は
驚いている赤ちゃんの瞳のように
あどけなく光をあつめて

芍薬　牡丹　菖蒲　野ばら　リラの花
時季《とき》の上を花はながれて散っていく

花それぞれに思い出があり
わたしとあなたは過ぎた日々にぬれていく

ひとつの刻《とき》とひとつの刻のあいだに
春の花は咲きこぼれ
注いだ茶のなかでも花はゆれ
あたためられていくこのひととき

しずかな人はときおり花に埋もれ
消えてしまいそうになるから
わたしは大きな声で呼びとめる
あなたの夢と現《うつつ》のあわいには
どんな風景がゆれているのだろう

夕暮れ
家は残照の朱い光をまねき入れ
ゆっくり闇と戯れる

花火

夜のほそい線をつたって
夜気をおびた声がとどく

「きれいな花火よ」

今年の花火大会は川下の町でおこなわれた

しずかな人が　ひそかな夜の　小さな庭で

見上げている大きな花火

あの夏のおそろいのワンピースや
はじめて朔太郎の詩をおしえてもらった日の思い出が
咲いては　消えているのだろう
瞬間がたちまち過去になる

林の北のわたしの家では花火は見えず
見えない花火の
生まれたての過去が　数秒おくれてドーンとひびく

夏のおわりの
しずかな人の　たわわな想いが

尾をひくようにやってくる
あまいようなかなしみが
わたしのなかで炸裂する

「きれいな花火だったわよ」

花火のおわった空は余韻にぬれ
しずかな人の　やわらかな笑顔がゆれていて
熟して冷やされた桃のような
ねむりが実る

日々

しずかな人の寝息につつまれて
夜が藍錆色にとけていく

遠くゆらめいている夕ぐれ
裏の空地でバレーボールをした
「ほーれ」　高くあがったボールは
受けそこなって
草むらのどこまでころがっていったのだろう

闇の中をしなやかにながれる時間は
星をよび
かがやきは夜の淵を
あふれこぼれる

しずかな人はもう遠くへ歩いていくことはできないから
庭の花に水をやったり
編み物をしたりしている

春になっても
夏になっても
花に水をやり
編み物をしている

光の生まれる場所

時の花びらをもってそこへ行く
きれいに磨かれた床
壁にかけられた風景画
胡蝶蘭の造花
奥のデイサービスルームでは
車椅子の人たちが風船バレーをしている
三階のリビングルームに行く

声が静寂のなかにのみこまれ
静寂が大きく羽をひろげる
東側の大きな窓からは
つぎつぎと光が生まれ

しずかな人はシルバーカーをひいて
廊下を行ったり来たりしている
どこへ行こうとしているのか
どこまで歩いていっても
もうあなたが愛した花の庭にはたどりつけないのに
よりそい歩きながら
わたしもまた　行き場所を見つけられないでいる

白い壁にかこまれた小さな部屋で
いつものようにおいしいものをいただく
「お昼食べてないのよ」
ひらひらと落ちてくる記憶を
わたしは必死でひろっている
リラも野ばらも牡丹の花も　今はもう遠い遠い花
帰るときはいつも　時の花びら一枚おいてくる

残された花

夏の光のうえで船のようにゆれている家
茫々とした草の向こうにかすんでみえる
まるで幻のよう
近づこうとするわたしの足にすこし茎の強い草がからんできた
ヤブガラシがつつじと椿の木をしばりあげている
小動物がひっくりかえしていったプランター
窓と壁にはりめぐらされた蜘蛛の巣
哀しみの旋律がきこえる

ざわざわと風がたち
かつてこの家にいた人々の影が匂う
彼らはいつものように　庭をゆっくり散策し　静かに語りあい
そして夕陽にすいこまれるように消えていくのだろう

残された数本の山百合の花
まっすぐ茎をのばし　ゆるやかに花片をそりかえし
ふりそそぐ光をこぼしている
季節がくれば咲くという強さが
この荒れた庭をささえている
もはや花ではない
それはたくましい生の力そのものなのだと
ささやく声がする

Ⅲ

ひとつの風景

やわらかな秋の公園のベンチ
一組の老夫婦がおしゃべりをしている
その近くで光る子供たちがボール投げをして遊んでいる
池の面は静かで　時おりおこるさざ波が
水に映った木の影を　まどろみのようにゆらしている
ひとりだけの時間の中からやってきたのだ　わたしは

だれかに呼ばれたような気がして
彼らもまた　わたしの知らないところからやってきて
ひととき　ささやかに息を交わし
また見知らぬ場所に帰っていく

このようないくつかの場面《シーン》がくりかえされ
松の木が大地にくっきりとした影を描くと
わたしたちは
たちまちのうちに　ひとつの風景にのみこまれる

ながれていく

緑色の声によばれて
朝の松林にはいると
フルートの音がきこえてきた

乳色の朝靄が螺旋状に渦巻き
音は　その芯から生まれてくるようだった
それは　はるか彼方からようやくたどりついたという安堵と
さらに遠くへ　という願いをあわせもっているような音色だった

微風がおこると
小さな音は　少しずつ広がり
やがて　緑の小宇宙を支配した

時間もまだ眠りにつつまれている
ながれるものは　フルートの音だけ
やさしく　やわらかく
木をなでるように　樹間をめぐる
それから　すべらかにわたくしをつつむ

東方から　幾千本もの朝の陽が矢のようにさしこむと
乳色の光の帯はほどかれ
ひとりの青年が　あらわれた

白いTシャツをきた　フルートをふく青年

彼は　しずかにフルートをケースにしまうと
川のように
どこにも執着することなく
一日のはじまりにむかって　歩きはじめた

わたくしも　遠いどこかで目ざめ
ながされて　ここにたどりついたものとして
彼を見送る

光のなかで　小鳥がさえずりはじめた

祝福

秋ばらのなかを　老人が車椅子をおしていく
前にすわっているのは　たぶん彼の奥さんだろう
膝にバッグをのせ　まっすぐ前をみている
ときおりふり返り　何かおしゃべりすると
老人は顔を近づけ　ほほえみながら頷いている

風のない晴れた秋の日
陽射しは恩寵のように
まんべんなくばら園にそそぎこみ

走る子どもたちや　ささやきあう恋人たちや
老夫婦をやさしくつつんでいる

時の螺旋階段をおりてやってくる
わたしの小さな子どもたち
噴水のまわりで　あきることなく遊んでいる
あの日の秋ときょうの秋が
どこかで深くつながっているような

あの老夫婦はあと何回
このような秋の日をむかえることができるだろう
声なき世界へと歩をすすめながら
今はただ　光のなかでしずかな祝福をあびている

少しだけ幸せな日

やさしい記憶をつれて
雨はささやいてくるのだった
見あげれば　窓ガラスの向こう
まっすぐな雨脚が
木の葉をリズミカルにたたいている
雨がすべての音をのみこんでいく

わたしは緑色の時のページをめくっている

ひとつのテーブルに四つの椅子
ひとり去り　またひとり去り
今は二つの椅子が　さみしく向かいあっている

とおくひびくものがあり
こんな日は
あの子たちが残していった衣類の整理をしよう
ポリ袋に入れて　ぎゅっとしめれば
それは永遠の袋

気がつけば
雨粒がオレンジ色に光っている
少しだけ幸せをはこんで

雨が
あがった

夜景

「夜景のきれいな場所知ってるよ」
少年は言った
そこは榛名山の中腹で
M市とS市が見わたせる場所

少年の仕事は
菓子の中身のクリームをつくること
毎日もくもくと粉を練っている

粉を練っていると
煩悩が洗われていくようなのだった

夜景を見に行くのに理由などない
ときおり内側からふっと押されるような気がして
行くのだった

少年がそこへ着くと
すでに何台かの車がとまっている
皆ひとりぼっち
孤独が連なりあっているようだ

赤い灯　青い灯　緑色の灯　黄色い灯

それぞれの灯がついたり消えたりしている
あのなかに少年の家もあるはずだ
たくさんの灯は幸せな団欒をうつしているはずなのに
どうしてだろう
彼の目にうつる灯は　つめたく　さみしい

少年は目をとじて一日を思ってみる
沈黙の作業
ひとり分の孤独を
そっと夜景のなかにながしてみる

冬の家路

町の仕事が終わると
松林の奥の家に帰る

窓をオレンジ色にかがやかせたバスがとまると
人びとは　すべてが終わったような顔をして
ひとり　ひとり乗りこんでいく

バスは欅並木の影の波にのり

熱のひいたビルの谷間をぬけていく
本町　千代田町二丁目　千代田町三丁目
ふるい町名をかさねてみれば
曲輪町二番地　竪町通り
（酔いしれた孤独な詩人の影がゆれる）

窓にはめこまれた夕暮れが激しく燃え出すあたり
バスは左折して　さみしい商店街にはいる
どの店も　秘密をおしこんだように固くシャッターをおろし
橙色の街灯が　おぼろ気な一本の道を浮かばせる
きょうの灯はきのうの灯につながり
きのうの灯は三十年前の灯につながり
町はどんどん深くなり　はるかな日の川霧につつまれ

（ここは旧岩神五間道路　小出新道と詠われた）

湿り気をおびたバスは　過去をふりきり　ぐいっと曲がり
やわらかな明りのもれる住宅街にはいる
ひとり降り　ふたり降り
人びとは　ふたたび人の形にふくらんで
ほの明るい路地に消えていく
（そのあとを憂鬱を抱いた影だけの人が降りた）

やがて鋭い無数の光の矢にさされ　町がわれた
柿色　菫色　茜色　塗りかさねられていく空がひろがる
「つぎは競技場入口でございます」
だれもいないスタジアムが　大きな口をあけて

冬の大気をのみこんでいる

その向こう　闇の息づく松林の奥にわたしの家はある
腐葉土のつもった小さな窓のある家
ポケットに手をつっこみ　まさぐるけれども
鍵がない！

月の男

あの土地へいくと　時計が三十分遅れるんだ
地上には　磁場のずれる場所が何ヵ所かあるらしい
そう言って男は
タラの芽やコゴミやウドの葉など
山菜のいっぱいつまった袋をぶらさげて
夜遅く帰ってきた
もし男の話が本当だとするならば
三十分遅れた場所に　永遠に生きるものたちは
もう何年も前を生きているのだろうか

たしかに　かの地は光が消えることはない
国道からそれて　低い山にかこまれた山林は
窪地のようになっていて
陽が落ちても　夕陽はためられたまま
光がうすれて濃紺の闇になり
月光のなかで　金色の池になる
そしてまた　夜明けとともにパープル色にかがやいてめざめる
きょうの終わりというものがないから
時間が三十分遅れていくのだろうか

それはともかく
これからこの山菜で天ぷらをつくれという

こちらは夕食も終わり　ひと息ついているところ
不平を言いつつ　袋をあけると
山菜は
「遅れてすみません」という表情でしんなりしている
衣をつけて　鍋におとすと
三十分の遅れをとりもどすかのように
みずみずしい緑の葉が　油の面にひろがっていく
男も風呂で三十分の時差をとりもどし
揚げたての天ぷらを酒の肴にし　夕食をとりはじめた

あの三十分は　どうしたのかしら
玄関には　泥んこのジャンパーに
月の破片のような光るものがあった

なつめ荘

記憶をなくした祖母と　ひとときをすごす
朱色の血脈は　たち切れるものではないけれど
祖母が　こっそり　それを切ってしまったから
血脈の切れはしが　ゆらゆらゆれて
光のなかで　ゆらゆれて
つかめそうで　つかめない

十一月の山は紫色にかがやき

なつめ荘はその麓あたり
金色の穂の波のうえにうかんでいる
そこを訪れるときは
流れのゆるやかな川をわたる

祖母の家にはにわとり小屋があり
数羽のにわとりを飼っていた
だからわたしと従姉妹は彼女のことを
「コケコッコーのおばあちゃん」とも呼んでいた
ある日　けたたましいにわとりの声がして
見ると白い羽と血が飛び散っていた

祖母はとっくに時のなかにしまっている

まばゆい忘却の海のなかでほほえむあなた
そのおだやかな海の面に
桜の花びらが舞い　やがて光の矢がさし
そしてコスモスの花が咲き
静寂のなかで　真珠のような雪がふる
これがなつめ荘の一年のめぐり

夕陽をつれて
あなたは　あなただけの世界におりていく
波のないあなたの海に　身をゆだねるとき
わたしたちは　美しい島へとはこばれていく

冬の木

針のような枝先が　冬の青空をつついてる
落葉した木々の沈黙のなかに
透明な音楽がながれている

色づいた秋の木の下を歩いていた
一枚一枚の葉はそれぞれの日々を照らし
刻《とき》の上に刻をかさね
かなしみのようなものがゆらめいていた

夥しい言の葉が通りすぎていったけれども
今はどんな言の葉もつけていない
何かを決意したように
裸木はきっぱりと立っている

生きることについて
生きる意味について
静かに問うている

私のなかにもそんな冬の木が一本立っている

公園のベンチ――あとがきにかえて

ボート池に面した公園のベンチにすわっています。親しみのある光が足元にあつまってきてゆれています。池のまわりの松林の木々は、とろりと淡い影を水面におとしています。水面に映ったもうひとつの世界でも、おだやかに時が流れていきます。その向こうに見える赤城山のなめらかな稜線は、緑色の野にすいこまれていきます。

何でもない一日の時間の隙間から、今もふと見えてくる光景があります。

黒い刃が永遠を切り裂いていった八年前のあの日。いいえ、わたしにとってあの日ではなく、今もこの日なのです。人はいつでも危うい時間の上で生きているのですから。

あの時、学生だった娘も仙台にいました。地震直後「大丈夫よ」と、メールが入ったので、無事でいることはわかりましたが、その後は、深夜まで連絡がとれず、眠れない夜を過ごしました。そのうち食べるものも底をつき、四日後、バスと飛行機を乗り継いで帰ってきました。

一ヶ月ほど家にいましたが、地震の話はほとんどしませんでした。震災前の仙台の地を、何度か訪れたことがあります。青葉城址の高台から町をながめ「お母さん、ここは群馬のようにパーッと晴れる日は少ないのよ。いつもぼんやりと曇っているよう」。たしかに木々やビルの輪郭は曖昧で霞んで見えます。「向こうが海よ」と指さした先も、キラキラ光る波のようなものが見えますが、空と海の境界がはっきりしません。落日も緞帳を張ったような空の向こう側へ消えるように沈んでいきます。

太陽の光の少ない土地。それが東北の町々なのです。

今、目の前で、一羽の助走する水鳥が美しい直線を描いて、東の空へ飛び立っていきました。あの空は、東北の地へも続いているのでしょう。頭上で輝いている太陽も彼の地で絹糸のような細い光を降り注いで、人々をつつんでいるのでしょう。
　見ている風景は、たしかに動いているはずなのに、静止しているかのように感じます。

房内はるみ

房内はるみ（ふさうち・はるみ）

詩集
『フルーツ村の夕ぐれ』（二〇〇〇年、詩学社）
『水のように母とあるいた』（二〇〇七年、思潮社、第七回詩と創造賞）

エッセイ集
『庭の成長』（二〇〇五年、新風舎）
『ガラスの肖像　エミリー・ディキンスン私論』（二〇一四年、ノイエス朝日）

現住所
〒三七一―〇〇三六　群馬県前橋市敷島町二六〇―十

窓辺《まどべ》にいて

著者
房内《ふさうち》はるみ
発行者
小田久郎
発行所
株式会社思潮社
〒一六二―〇八四二　東京都新宿区市谷砂土原町三―十五
電話〇三（三二六七）八一五三（営業）・八一四一（編集）
印刷
三報社印刷株式会社
製本
小高製本工業株式会社
発行日
二〇一九年七月三十一日